あふれるひかり

中村幸一
NAKAMURA Kouichi

北冬舎

あふれるひかり❖目次

一

二

三

装丁＝大原信泉

あふれるひかり

一

川は流れる

春くれば心たのしも流れゆく川のせせらぎ光りてみゆれ

川流れ岩とぶつかり砕けちりまた合わさりて流れゆきたる

川のごと流れゆきたる時のなか生まれ出ずるを生というらむ

流れゆく川のきらめき木の間より見えずも聞ゆその川の音

末にあう水の流れのはげしくて岩を落ちれば花ぞたまれる

川の音われを寝かしめ目覚むれば流せといわれし川の音する

玉苗を植えるやまとの美しくかがやく緑のとうときやまと

太陽に照らされ透ける葉のみどり枝にかげなす緑のひかり

ほたるとぶ川面もあらじ五月闇しずもる街に雨降りつづく

さつきやみすべてをコントロールする欲を捨てよと雨降りやまず

他人のみ楽しそうに見ゆるとき花降りきたる心のなかに

嘆き歌やめれば花降る森のなか川流れゆく晩夏の川が

くさはらのみどり輝く夏の日に流るる雲の影うごく見ゆ

秋の田の陽に輝きてこがねいろ豊かにみのる稲うつくしき

樹樹に水　空より落ちて地に吸われ　たまりて湧ける水というもの

樹の吸える水は幹をのぼりつつ樹を育てゆく水のとうとさ

浮かぶしらとり

しらとりの浮かぶ荒磯に風すさび動かざるものなきがごとしも

価値観の揺らぎふるえる白波のうちかえす磯に浮かぶしらとり

しらなみの寄する荒磯にたたずめば寄りくるとりの瞳黒かり

しらとりの青き海辺に漂いて波をかぶらず三羽、　四羽と

荒れくるう海に飛ぶとりおだやかに漂いており風に揺られて

どろどろの海に助け船出《い》でてぶつかる力せめぎあう　見ゆ

砂浜で遊べと言われて海にゆき波にくるぶし洗われいたる

さざなみの心に鎮むるごとき色つぎつぎわたるさざなみの見ゆ

打ちつける波くだけちり冬の海おもえば寒しカフェに憩えば

つららより水したたりて雪国の春遠からぬ梅香のまぼろし

こころの声を聞け

いっさいがきらきらかがやくカフェのなか輝かぬものなしと思いぬ

ジャズの音こころほぐれるカフェにいて雪降りつもる街の真中に

深刻な時に流さむジャズありてピアノの音色ながれてやまぬ

アラビアの豆を焦がした粉に湯をかけて濾したる黒き汁飲む

亜カフア（トゥン）　伊カフェと変わりてヴェネーツィアに飲まれるカフェの
どろりと苦く

カフェインのない珈琲を飲みあるく夢ウィーンのカフェをめぐりて

不二家焼けカフェになりたるこの店に坐れば想う不二家のプディング

灼熱の夏おもうかも初春のつめたき風の真中《まなか》におりて

節分に豆まくひとから追われたる鬼のこれからいずくへ行くべき

よもすがら吹く風すさぶ立春の街は煙りて最終便行く

うすうすと感じおりしを感じつつたわいなきこと話していたり

分析をやめて感じるままに生きこころの声を聞けと言われし

陰陽師九字切りて立つばらばらにされしもの散る春の夕ぐれ

九字切れば消えゆく闇のはれやかに空晴れわたることのあるべき

あやまてる過去を燃やせば風に舞う灰うつくしき草原の初夏

思い出す十代のころおしなべて暗く可笑しい悲喜劇のよう

手をはらい敵を地に伏せたたかえば見えぬ敵おり太極拳に

腰《コシ》、要《カナメ》。腰を据えつつはたらけば　ひかり　天地を徹して落ちる

老いて歌わず

おおみかみわたらせたもうさよなかにとりのなきごえききしというひと

二十年祭かなしみなくてつどいあい笑いさざめくうからやからは

スーフィーの円舞のなかにひかり落ち広がりてゆくまぼろしを見る

アッシジに行くことなけれ聖人の教えし鳥のいまはなければ

崩れ落ち腐りはてたる王冠の国の宝となりて飾らる

競り落とす青年の陶器そらを飛びここに坐れる読書の青年

にじいろの旗のはためき道熱く襟に花插し歩く夢みし

甘くないクリーム山のようにのせ苺を食べる幻をみる

まぼろしのわが猫かたにのぼりくる会議の部屋にあらわれたる猫

燃え上がる言の葉かぜに舞いちりて空に消えゆくひとつ、ふたつと

「人生は続く」と歌いしスペインの歌手老いてもはやこれを歌わず

突然にいなくなるひと夜もすがら雨降ることなくもの思いたる

黄金の橋

風にかぐ春の香しるく吹かれればこころおどりぬその風の香に

国中に参道ありて玉砂利の音のひびきのこだまする国

参道は参道として参るべき神宮とおく霞みてみゆれ

参道の樹樹のすきまの青空に枝のならびて動くことなし

神宮の気が流れきて清浄な参道に向けばカフェはあかるし

神宮の杜より流れ参道を満たすものありカフェをわれらを

恩寵はかさねがさねに加わりてひとつをとり出すことのできざる
わがそばに立ちて助けるたましいの御名を知らなみ問いかけつづく

紫の石つらなりて輝けりわれを守れるそのむらさきの

しろき道すすめば黄金の橋ありて川よりあがる霧につつまる

どろどろの泥より咲きて東よりあたる陽あびてかがやく蓮《はちす》

花散るころに

列島を祓う四月の風つよみ背を押されつつ坂をくだりぬ

坂くだる歩みをはばむ春のかぜ日本をすべて祓いつつ吹く

散る花を踏みしめ歩くキャンパスの四月六日に近づく嵐

春風の樹をゆらしつつ空とよみわがテーブルに豊岡君来る

香炉よりあがるとみえて香りたつ香みえずして風に流るる

風強くインド料理店のドアふわりと開《あ》けば押しもどす彼

フライングの私に温かき風吹きて足もと揺らぐ春香りたつ

ふふむ花えだにつらなり濡れたれば新入生のわらいさざめく

起業する子のあやうさを思いつつ地下鉄に乗る赤き車両に

相談を受ければわかもの輝きて歩みはじめぬ森へ行く道

佑亮の思いのたけを聞いたあと音信不通の佑亮あはれ

粛粛と承認されて　眠る者。議論する者。花散るころに

袖まくりカフェに憩える青年の鞄つかれて床に倒れる

電話するわかもの道に坐りいてはち切れそうなスーツの哀しさ

うつむいてまつ毛の長きピッチャーが泣きつつ帰るベンチの中へ

すべてことなし

流れゆく水のながれに光あり行く末見えぬことのうれしさ

川流れ川底ひかる魚泳ぎ青空映る波のまにまに

山に降る雨　土深くしみゆきて川と流れて春にあらわる

雨降らず玉苗植うる乙女なし神がみを呼ぶ祝詞のひびき

魚とりの少年たちがあげる声　川にこだます夏盛りなり

川遊び　少年たちが飛びこめばあがるしぶきの二つ、三つ、と

山あいの川に鮎釣る人ありて影ゆれうごく川面のひかり

わが心さ霧ながれて川のごと瀬瀬のあじろ木あらわれわたる

夏、田の面かがやくみどり映る空　鏡のごとくしずまれる、見ゆ

夏の田に　波の光れる水すまし　映る山揺れすべてことなし

疑わず解き放つがよし曇る夏　神の打ち水大地をたたく

野原より見上げる空に流れない雲　筋をなし扇のごとく

砂浜にけずれる石もころがりて沖へゆくらむ月夜の波に

海原に流れて雲と上がりゆき山に降る雨　海へもどれる

波くだけ風に散る花と見るまでに思いは返す心の海に

すいかわり砂にまみれた少年の白き歯ひかる海の青さに

葦ゆれて波間に揺れる葦あおくたえ間なく波ゆらす葦むら

まぼろしの波の音《ね》聞ゆ返しては寄する波おとやさしき浜辺

黄金虫エメラルド色にかがやきてパナマの帽子をかぶれずに持つ

不《ふ》二《じ》

富士山がむらさき薄くそこに在るそこにあることむらさき色に

颱風に空祓われて夕暮れの紅《あか》あかあかと紫に映ゆ

不尽《ふじ》の山しろく光りてみずうみに映るを波が揺らして動く

ご神体のぼらず遠く仰ぎみる不尽《ふじ》むらさきにとける落日

鉄道が急にひだりへ曲がるとき富士山出《い》でぬ雲に包まれ

富士の嶺　逆光くらくそびえるをいきなり見たり列車のカーヴ

亡父《ちち》に似た西洋人が歩きゆく秋の参道落葉を踏みて

青年の秋のつかれは靴下の黒にあらわる椅子のましたで

大地より力を受けて声となし歌をうたうと歌手のつぶやく

はじめてのロンドン帰り秋の日に金子由香利を聞きたるＰＡＲＣＯ

木花之佐久夜毘売《このはなのさくやひめ》なる冠雪の不二《ふじ》しろく見ゆ窓をあければ

恋いわたる

奥底に熾火を抱え風吹けば葉擦れの音にわれ恋いわたる

交わされる視線交わり離れれば上より見下ろす神がみと思う

わからないことがらねじれて玉のごとほぐしてゆけば何もなかりき

わからないことども秋につみあがり燃やしてみれば空焦がす火よ

分かされの道を進まず逡巡し草摘みおればひかり射しくる

想像の力が及ばぬ領域に踏みこみまどう帰路は急がず

風強くしら波たち立つ思う子のこころはつねにはかりがたしも

しらなみの立つ海だれも泳がない秋めく海にしら波のたつ

しろきゆびあわせて思うゆくすえのうなじとあごに光るその髪

あごの線　耳につながりくろかみのながれるところにゆびを入れたる

ゆれうごく曲線つやめく青年の行く末あかるくほおづえをつく

妹と姉にはさまれる男子　顔おだやかに撮ればほほえむ

たまさかにこころ明るくなりゆきていまは楽しむ珈琲の香を

夕立のあとの輝き日輪を見れば希望は雲間にいずる

うねる文字おどりてあはれアラビアの文字のちからに心さわぎぬ

ともしびにゆれるアラビアの書読《ふみ》めば壁にぞ文字のあらわれきたる

たくさんのこだわり彼をしばりつけやっと動けるすき間ぞ狭き

二

しあわせな猫

しあわせな猫　重力に身をまかせなめらかに眠るしあわせな猫

猫のごと動く黒目を見つめれば見るともなしに見ている瞳

幻のわが猫かたにのぼりきて顔寄せきたるはかなきまぼろし

グーフグフ四十年前わが胸に頼りて眠りし猫を忘れず

この道もわが道にあらず人のなき部屋にわが声こだますばかり

果たすべき為事《シゴト》のように果たされて煙あがりぬ無言の部屋に

わが家に闇あるを許さず煌煌と灯りで満たす部屋に人なし

まばゆかる灯火《ともしび》つらね夜をすごす彼の心に闇のあるべき

ごてごてのバロック好きを囲いこむ白く虚しき北欧家具で

あまやかな風ふきこぬかと待ちおればすきまなきもの心ひかるる

わが思火《おもひ》いよよ盛りに燃えあがり花咲く大樹を焼き倒すかも

どうみてもちがうひとにわが思火《おもひ》燃えうつりゆくもののかなしさ

流れゆく涙とともに味わえる汁なす桃の光りてあはれ

やわらかくたわめる線のさまざまが光を放ち歌となるべく

岩に木に塞がれ苦しく流れゆきながれつきたるところの光

もやの中ひかりて落ちるいくすじの分かれて再《ま》た会う光いくすじ

人はみな

絶望の狭き隙間にふと見える希望を広げひろげて生きる

不全感消え去りなべて晴れわたる空の心となることやある

わが心ことあるごとに動揺しくすぶる森に風ふきやまぬ

生き方を一変させる作品がどこかにあるか深夜のＴＳＵＴＡＹＡ

押されつつ下がりて戻し押されれば足にやさしきこの徳俵

珈琲が蒸気へ通される刹那、下手《したて》にでればいいのよ、という声

焼け石に水落とされると消えさりて落とされなかったかのごとき水

話すことなべてずれつつ的を外れ五年祭の暑き直来

折り合いをいかにつけてかただひとり生きる人あり厭われながら

おのおのが占有面積まもりつつのどけくたゆたう間《あわい》はあらず

見られたることに気づかず働ける彼の腕にはねる水滴

人はみな獣《ケモノ》にあればさまざまなにおいあふれる中をうごめく

秘めることありて働くすべからくはたらく秘めるものをかかえて

迷いつつひとすじのひかり降りきたり迷いの晴れて澄みわたる空

カヴァフィスのごとく坐ればスパイラルカフェにすべなき哄笑あがる

星の降るバハマのリゾート。行き交える人びとのなか卓球をしたり

目つむればあからさまにぞ浮かびくる湯の落ちる線もだえるがごとし

落ちる湯の彼に当たりて砕け散り穢れて消ゆる半畳というもの

地下を這う波のごとくに突き抜けて間歇泉の熱湯噴き上ぐ

見るべきを見る

だんだんとこちらに押されて身動きのつかぬところがここそこにあり

見るべきがなき時にしもわが心さまよい出《い》でて見るべきを見る

ありえない所で会えば背中越し蝶翔ぶべくもない深夜

したごころ良き下心うごめいてわさわさつどう螺旋広間に

肩ふれて伝達されるもの淡くくりかえしており肩のまろみを

ふりかえりみればかすかな縁ありて園にあふるる緑あたらし

もしかしてそうかなと思い落胆のかずかさなれり花散る冬に

四十年かかってざるを桶に替えすくいし水がキラキラ落ちる

春浅く凍てつくバイカル湖の岸に佇むひとの思いははかなし

すでにもう笑うか否かを決めていてわらう人々わらわぬ人びと

後頭部ぽんとはたいても気にしない猫のように生きる人あり

貴婦人、否、猫。眠りつつ白き曲線《たわ》なす腹の木洩れ日

そんなこといわずにやさしくしてやれとささやく声は諭すごとくに

吹く風に燃えあがる火か離れても消えずに燃えて天焦がす火か

やさしさの森

春一首。浮かびて静かな花の舞う道を歩けば花の散る音

ただごとにあらざる歌はわがこころ砕けるときのみ生まれるものを

どろどろの泥より咲ける白蓮は切り断ちてこそ愛でるべきもの

ひそやかに思い燃えたつ夜《ヨ》もありて光るひとすじ砕けてやみぬ

奥底に闇を抱えて進みゆくものの歩みを速める神あれ

白き波ひろがるごとし。闇のなか落ちる落ちゆく落ちて目覚めぬ

かたられぬことひそやかに流れゆきひたひたゆけりしたみずのごと

おそらくはちがうだろうと思いしも目のあたりにし瀧落ちつづく

はなれたる文字のあいだをつらぬきて流れる心の切れることなき

燃ゆる火の鎮まりゆきて見えぬほど香らぬほどにくすぶるあはれ

ときおりはやさしさあふれることもありて風吹きぬけるやさしさの森

砂と消えわざわい水で流しさりのぼる光の輝くばかり

長調の半音のみがわき上がりつつ彼《われ》つつむ光・ショパン

銀葉に香をのせればかおりくるかおりかそけくかおらぬがごとし

きびしくも読み解く古典にこころ燃やすひとにまじりて侘ぶることあり

真珠貝

決然と峻別された向こう側　壁のまわりをつるつる回る

対面の椅子を取られたテーブルへ坐れば誰も来られぬテーブル

想像し思い描きてうつむけば花咲くべくもない道端

見えざりし暗喩の崩れて流れゆき砂と砕ける川の底　愛《は》し

しずごころ乱すトルソー見おろせば横断歩道に人はあふるる

踏まれたるむだ足あつく真夏の日さまよいゆけば救い観音

真珠貝。真珠を宿す苦しみに負けて口開け死ぬものあるか

奥ふかく　深くふかくに沈められ水泡うえに上がろうとするらし

跳ね上がりしずくを散らす一瞬の死の直前の愛しきこの海老

愛ありて

悪しき縁切り裁ちゆきてただひとり残りしものと世を歩むべき

突然に断ち切られたる悪癖の風に散りゆく　神意のありて

僕たちの行き場はないが春雨はやさしく濡らす肩とうなじを

ふたまたに別れし道あり啼かぬとり吹きくる風に立ちつくす彼

やわらかにみちびかれゆくかのごとく切られてゆきぬ黒きつながり

これまでもそうしてきたことを粉砕しあらたな道を開かざるべき

おもかげに顚《た》ちたる顔もさ夜更けて星と躍れりものぐるおしく

愛ありて　うけるものありなめらかにすべりつつああひかりて燃ゆれ

翳《かげ》・光　たわなすものが顕ち消えてわが陽炎《かぎろい》の歌となるべく

桂川落ちし紅葉ば流れゆき波間に消ゆる夕べを知るや

（風薫る森に田畑に）決定《けつじよう》し大倭《やまと》の神と生きるほかなし

深山に波打つ浜に民くさの歌い踊れるなか坐《いま》す神

あかあかとまばゆき列車に一人乗り走り行く夢　あたたかき海

三

ふたりをひとりを

仲間だとわかりてこころ華やげば待つばかりだったころの漁火

ともしびはゆれつつあはれテーブルにゆれつつ照らすふたりをひとりを

井の頭　秋の日射して手をぐりももに至れりわかもののもも

前《サキ》の世で寵愛したという青年が家に来て寝る陽をあびながら

ひじをつき垂らせるゆびのしなやかな線にとらわるわがこころかも

われ＊＊！と心の中で叫ぶとき花降りきたりはらりはらりと

散る花の風に舞いつつ行く道を照らす月なくひとりなりけり

花が散るあり得ぬことに散る花の肩につもりてはらはら落ちる

これでいい、と思った刹那、花の降りくることなく猫あらわれる

走り来て（ドアを開ければ）ひたすらに食べるばかりの猫をかなしむ

三匹の仔猫わが胸のぼりくる幻　朝の甘きまぼろし

しかられた子どもにいつもよりそいてなぐさむるという犬をあわれむ

陽を浴びて茂る大樹の根を張れば岩を砕きて雨を吸うらし

雲流れ月影さすときほのかにもこころはれゆき恋いわたるかも

忘れめや雪の参道六人でさわぎ走りぬ雪の深夜を

参道の風はカフェに入りきて花をゆらしぬ水吸う花を

大晦日。美輪明宏が降臨しわれらひれ伏すひかりのなかで

隠したる思いを変えてやわらかく責めたる人の黒く燃ゆる火

きれぎれにきこえるものをつなげれば敢然と佇《た》つ確信の塔

静かな部屋

はかり得ぬ君の心にまどわされ日暮るる寺の細きともし火

護摩の火がたかだかあがる明王の御姿なみだをひとつぶ流し

つきかげのあかるき夜は凍てつきてうごくものなし心をおきて

そのさがをもがきなやみてそれとなくかたりし彼のくるしさ思う

肉欲というはかなしき張る肉をつつめる皮膚のひかりかがやく

性愛のはなれた相に入りたる彼らをつつむまゆは薔薇色

あわゆきのまいつつおちてくろつちに雨とかわりてあとをのこさず

検索のむなしさふかくふけゆきて新月かくす雪ふりしきれ

いずみより湧きいずるみず口にうけ見あぐる彼に雪ふりはじむ

灰いろに働く彼もいつの日か心を染めむ桃いろの春

かろやかに客のあいだを舞いあるくギャルソンの名を胸に見つける

花咲かぬカフェに坐りて甘苦き珈琲わずか残して出《い》でぬ

ほそきゆび髪を撫でつつ青年は高き鼻梁を光らせている

邪《よこしま》な道を烈しく責めながら人を癒した青年の墓

わかものが部屋に帰りて脱ぎすてる服ゆっくりと倒れてあはれ

佑亮の一言メールに月さやかひとり静かな部屋を照らしぬ

フランドルの蝶

雪の舞う障子のガラス窓しめて折鶴折れば　折原君来る

那智の瀧まぼろしに落ちしぶき浴び濡れて立ちつつ　達朗の夢

ちやほやとされて輝く君を我ちやほやとするほかにあらざる

はらはらとふりてつもれるしらゆきの笹をたわめるたわなせる君

高橋ときけば高橋　渡辺ときけば渡辺浮かぶ四、五人

地の果ての紫づきて暮れなずむ空の夕陽の　佑亮　就活

春の園　ようやくのこと追いつくもつかまらない蝶　張君来たらず

フランドルの蝶は歌いて貧しかる少年のうえを舞いてなぐさむ

虎に乗り海底《うなそこ》の針を拾いつつ舞えば足張る　春近かりき

法王の説教が読める最新の携帯を捨てて　圭太の渡米

苗字しかしらない君のサーヴするオムレツ食みて数年を経つ

温かきもろ手でわれの手をつつみグラスを手渡す子を忘れめや

ものすごくいい男の手でぬぐわれたカフェのテーブルきらきら輝く

わが顔にレンズを合わせフレームを選びていまごろ憩える店員

となりあうもののかたわれかわりゆきひとり旅立つことのよろしさ

ぬばたまのめとりのつらさをわれに告げとおざかりゆく君をおくりぬ

鎮まるたましい

百、千のつぶやきながれながれゆき心かなしもさ身《み》なしにして

朝晩につぶやきおればむなしさのつのる人びと　流れゆく川

砂をかむ孤独な人がばらばらにおりてたがいを知らず苦しむ

不確かな足場を歩くわれわれに鈴蘭の花が見ゆるまぼろし

その気味の悪さを考えよと言われ考えてみるその気味悪さを

無防備にあかす秘事《ヒメゴト》。燃えあがる湖畔の森のゆらぐさま見ゆ

呆然とわれ立ちつくす愛ふかき顔をうずめる姉あらざりき

青き春。 楽しまざりしと知る夜に肩を抱きしとひとの語れり

まかがやくインカの薔薇で数珠つくりおしいだくかも桃いろの石

アルメニア文字で奇蹟を記すこと光る葡萄の見える部屋にて

紫の不尽の山見ゆ。オレンジをまといて寒き春の夕ぐれ

鎮魂の鐘を鳴らせば鎮魂の鐘鳴りひびき鎮まるたましい

夢

［紫の水晶の指輪を指にはめ差しだす御手をさすれり祖母の］

夢

［若返る祖母の右手を両の手でさすればあつき思火《おもひ》のあふるる］

ひとすじの河

水ひかる早苗みどりに吹かれいて風やわらかき夏は近づく

薫風にみどりきらめく森ゆけばきれぎれ聞ゆ小道の祝詞

かげになるところを見つめて森のなか樹樹のかくせるものぞ愛しき

ふとき樹のうごきに惹かれ風つよくあたればうごく樹のなかの森

田に水の光あふれて秋津洲大倭《あきつしまヤマト》に来たる夏うつくしき

さみどりの森を田畑を秋津洲大倭《あきつしまヤマト》を穢す見えぬもの降る

わかあゆのはねてすがしき川流れしろきいわなみかげをうつせる

かしわ手をうてば木霊の響きたる森にながれこみつつ　霧

樹の風に揉まるるみればあおによしケンブリッジの夏を想いぬ

香港にゆきてかえらぬ青年の面かげ顕てば葉はゆれており

わかされの見えない道に立たされてまよわず行けと言われてみたが

丸き橋わたりて玉のきざはしにうつる藤なみ踏みつつ行けり

森をゆく彼のかげ追うりすがいてひかり斜めにつよく射すべき

のびきったねこのまぼろしわがこころ夏の午後にぞさまよいいずる

とけるような笑顔もおぼろになりゆきて西日わびしくのこる窓際

だいたいはおなじになると知りながらくりかえされる動きというもの

なやめればひとすじの河うかびきてくるぶしぬらす河あると思う

人生はあるべくしてありありありがたく花咲き散りて歩くほかなし

深き淵あれば

秋風は暮れゆく表参道の樹樹のこずゑの葛野君来ず

秋風にみどり葉落ちて裏返る表参道アニヴェルセール

僧、カフェでコーヒー飲めば風起こり表参道樹樹揺れわたる

バラモンがバガヴァッドギーター唱えつつマサラチャイをいれるまぼろし

運びきて広げて下げて片づける腕の動きを見つめれば秋

両脚を交互に動かし歩みゆくひとびと見れば秋深まりぬ

さにつらうシャツのかがやき英国のかおりを放つシャツの色よき

秋の草　虫なく草に眠りいてしあわせな猫しろく光るか

竹林に静かな読経きこえきて心を濡らす霧雨のやむ

それぞれに肩幅ことなる配達の人びと三人夕陽を浴びつつ

白濁の浮かびてあはれ雲の間に青空見えてこころの白濁

わがこころ真冬の風に飛びあぐね波間を揺れる海鳥の見ゆ

弁当を買いて帰れば侘しさのつのりて深き淵となる夜

侘しさのつのりて深き淵あれば高き香りの珈琲をつぐ

外つ国の教師が紫！　と叫ぶ朝むらくもくだくわがしのぶ恋火《こひ》

夢「祝福の花園見せしちちのみの父の心ははかりがたしも」

清らかな森

水音の聞えぬ園に散る花を見つつ語りし春を忘れず

春らしきパスタを分けてなごみたるリストランテは人に語らず

花散ればみどりあふれる列島に遊ぶ子満ちて神がみ笑う

列島の人心荒れて散る花の踏まれてゆくを見る猫いるか

ゆくすえのあかるきわかものかたるときしろきみち見ゆ草原のなか

うつくしくとがった君の生き方に高原の香りよみがえりたる

あしひきの天使が通る沈黙にカップをまわすしかない私

夕闇に花咲きみだれ月のなき空をただよう心のあるべき

「ロマノフ王朝の最期」流れればともしびつけよ夜ちかづきぬ

流れゆく人のながれのとぎれざるカフェ・ラ・ミルの夜を忘れず

なめらかに生きる人あり長き脚伸ばして話を聞くさまの愛《は》し

性愛のはざまをぬけて清らかな森に至るかのごとき生

忍ぶ恋《こ》火《ひ》

参道の樹樹ゆれわたり吹く風の燃え立たせたるわが忍ぶ恋火《こひ》

わが思火《おもひ》燃えゆく夜の珈琲に映るランプのゆれやまざりき

たちのぼる霧のなかよりあらわるる瀧をのぼらぬわが忍ぶ恋

川にあゆ釣る人ありてしらなみのたつ瀬に泡のわが忍ぶ恋

しのぶ恋火《こひ》燃えたつ夏の火柱が焦がせる天の赤さを思え

ゆきかえりもどる思火《おもひ》のもどらずば燃ゆる柱の光りつつ佇て

風すさび花散りゆきし道の先。寺の屋根見ゆわがもの思火《おもひ》
雲間より降りくる光。刃のごとくつらぬかれつつもの思いたる

ゆれうごく心のうごきゆれたとて行きつくところのなきがかなしさ

どちらだかわからない子はたたずむとみえて駈けゆくわれを残して

ながほそく畳みしタオルを真四角にたたみなおした心をさぐる

旅立てる子のかなしさはゆれて去る悲しみふかき花のごとくに

わかされの道はろばろとはなれゆきかすみのなかに浮かぶ川あり

分去れの道のまぼろし立ち消えて霧のはれゆく杜をあゆみぬ

枯れた葉のわが川流れ消えゆけば水底《みなそこ》きよき川すきとおる

にごりなきながれにひとすじしろきものまじることなきひとのあるらむ

あとがき

本歌集は、二〇〇六年の『しあわせな歌』に続く(というには間が空きすぎている気がする)第四歌集である。この間、上村隆一のペンネームでエッセー集『中村教授のむずかしい毎日』を出してしまったことも影響しているかもしれない。

その間には、いろいろなことがあったが、歌に対する心的態度が変わってきており、昨今は「エゴ」を外すのが目標となってきている。エゴとは作為、計算、論理、真面目である。

したがって、本歌集の基本方針にしたいと思ったのは、直感、インスピレーション、感覚、遊ぶことである。しかし、エゴの力は大きく、これを完全に排するのはなかなかむずかしい。加えて、そう思い始める前の歌も、構成上混じっている。

さらに欲を言えば、ヒーリング、癒しをもたらすことができればいいかなとも思ったが、こんな歌で癒されるか、と言われてしまえば、返す言葉はない。

なお、漢字は、略字の生み出す視覚的なイメージに耐えられないとき、正字を用いている。また、原則的に新仮名遣いだが、字のもつ、音のような、イメージのような何かに違和感を覚えるときは、旧仮名を混ぜることがある。さらに、下二段活用と下一段活用なども混在しているが、このあたりは、不統一でよい、と私は不遜に考えている。いつの時代、どこの言語にも、ことばに規範的な態度をとる人と、そうでない人がいるものである。

本歌集を作るにあたっては、すべての局面で、いつものように、北冬舎柳下和久氏に多大なお世話をおかけした。装丁の大原信泉氏、綿密な校正をしてくださった尾澤孝氏にも感謝を申し上げたい。

平成二十八年一月二十八日

中村幸一

本書収録の作品は２００６（平成18）—２０１５年（平成27）に
制作された３４２首です。本書は著者の第四歌集になります。

著者略歴

中村幸一《なかむらこういち》

昭和38年（1963年）、東京生まれ。平成2年（1990年）「個性」に入会、加藤克巳に師事。同16年（2004年）、「個性」解散にともない、「熾」に入会。現在、編集委員。著書に、歌集『円舞曲』（1998年、砂子屋書房）、長篇詩歌作品『出日本記』（2000年、北冬舎）、歌集『しあわせな歌』（06年、同）、エッセイ集『佐藤信弘秀歌評唱』（13年、同）、また、上村隆一の筆名で、エッセイ集『中村教授のむずかしい毎日』（13年、同）がある。

住所＝〒143-0025東京都大田区南馬込2-22-16-404

あふれるひかり《アフレルヒカリ》

2016年3月10日　初版印刷
2016年3月20日　初版発行

著者
中村幸一

発行人
柳下和久

発行所
北冬舎
〒101-0062東京都千代田区神田駿河台1-5-6-408
電話・FAX　03-3292-0350
振替口座　00130-7-74750
http://hokutousya.jimdo.com/

印刷・製本　株式会社シナノ

ISBN978-4-903792-57-6　C0092